ɔllection rose

LAPRADE

Symphonies et Poèmes

PARIS

LIBRAIRIE A. LEMERRE

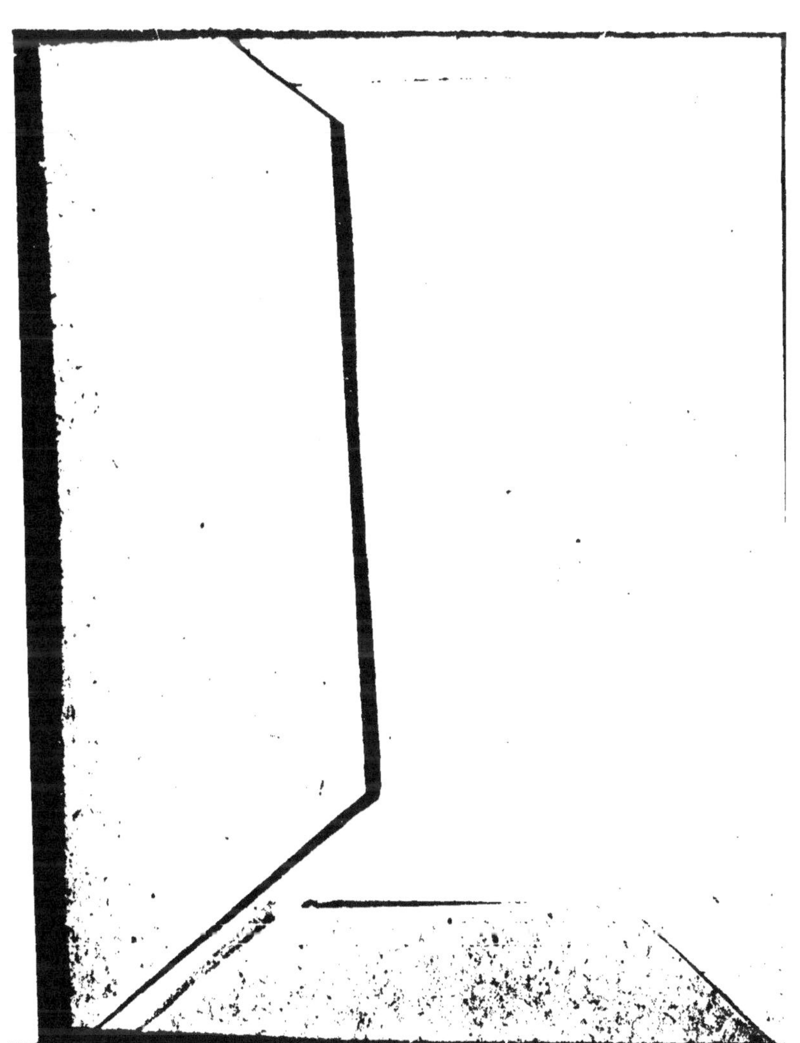

Symphonies et Poèmes

Petite Collection rose

V. DE LAPRADE

Symphonies et Poèmes

PARIS

LIBRAIRIE A. LEMERRE

VICTOR DE LAPRADE

(1812-1883)

Pierre-Victor Richard de Laprade, né à Montbrison en 1812 et qui devait occuper en 1847 la chaire de littérature française à la Faculté des lettres de Lyon, s'était déjà acquis l'estime des cénacles littéraires, quand la publication du poème symbolique de Psyché *en 1841 lui apporta la célébrité. En 1844 les* Odes et Poèmes *consacrèrent sa gloire.*

Sans offrir l'éclatante floraison d'images qui donnait son prestige au vers d'Hugo, ni la tendre souplesse qui charmait chez

Musset, l'austère poésie de V. de Laprade s'imposait par l'enthousiasme de l'idée et ses nobles et ardentes passions. C'est par là que valent les Poèmes évangéliques *(1852), les* Symphonies *(1855), les* Idylles héroïques *(1858).*

Révoqué après la publication des Muses d'État, *satire dirigée contre l'Empire, il écrivit dans sa retraite* les Voix du Silence *(1865), le poème de* Pernette *(1868) et une tragédie d'une mâle inspiration,* Harmodius.

Du désastre de 1870 naquirent ses Poèmes civiques, *publiés en 1873 avec* Tribuns et Courtisans. *Son dernier recueil,* le Livre d'un Père, *acheva une œuvre consacrée tout entière à chanter les plus purs sentiments qui puissent faire battre le cœur de l'homme, la foi, la liberté, la patrie et la famille.*

Éleusis

I

Du haut des blancs parvis de Cérès Éleusine,
Le peuple s'écoulait jusqu'à la mer voisine.
Des adieux se mêlaient aux clameurs des nochers ;
Les tentes se pliaient au loin sur les rochers ;
Trois vaisseaux couronnés de fleurs, de bandelettes,
Les jeux étant finis, emportaient les athlètes.
Par un chemin antique, assis dans leurs grands chars,
Gravement revenaient les riches, les vieillards,

Et les vierges d'Attique aux corbeilles fleuries
Marchaient par la campagne en longues théories.

Quand nul ne resta plus du vulgaire joyeux,
Dont les rites divins ne frappent que les yeux,
Des hommes désireux d'enseignements austères,
Et par de saints travaux préparés aux mystères,
Se levant tout à coup au bord des bois sacrés,
Du temple, avec lenteur, franchirent les degrés.
Ils marchaient deux à deux, vêtus de laine blanche,
Les pieds nus et le front ceint d'une verte branche.
Tous avaient dans l'eau pure, à l'ombre des forêts,
Plongé trois fois leur corps en invoquant Cérès;
Tous avaient bu la veille aux amphores prescrites,
Et muni de flambeaux leurs mains de néophytes.
Ils étaient différents d'âges et de pays,
Mais un désir pareil les avait réunis;
Et tels que des oiseaux qui, des bouts d'une plaine,
Viennent s'abreuver tous à la même fontaine,
Pour y remplir leurs cœurs de sagesse altérés,
Aux sources d'Éleusis ils s'étaient rencontrés.

Comme un écho veillant sous le fronton antique,
Une voix leur jeta la formule mystique.
Alors s'ouvrit le temple immense et ténébreux ;
Son souffle glacial fit dresser leurs cheveux,
Et sur le seuil, vêtu d'une pourpre flottante,
Le rameau d'or en main, parut l'hiérophante.

L'HIÉROPHANTE.

Pourquoi vos pas hardis troublent-ils les saints lieux ?
Hommes, dans leur repos laissez dormir les dieux !
Quel orgueil, ô mortels que la glèbe réclame,
Fait tomber de vos mains la charrue et la rame ?
Du joug des vils besoins sous qui tout front blanchit,
Du servage commun quel droit vous affranchit ?
Tandis que vous perdez les jours en vœux superbes,
Vos champs au lieu d'épis ont de mauvaises herbes ;
Nul n'amasse pour vous les fruits ou les toisons ;
Vous trouverez la faim rôdant vers vos maisons.
Cette terre en est-elle à ses moissons suprêmes ?
Manque-t-elle à vos socs, et l'onde à vos trirèmes ?
Avez-vous donc tari tous les puits des déserts,
Et jusqu'aux pics neigeux labouré l'univers ?

Vos soleils sont-ils morts, fait-il froid dans vos âmes ?
N'avez-vous nulle part des enfants et des femmes ?
Le monde offre à vos mains mille biens superflus :
Prenez l'or ou l'amour ; que vous faut-il de plus ?

LE CHŒUR.

Les dieux nous ont fait naître en d'heureuses contrées,
Riches d'astres, de fleurs, de sources azurées.
Là ne manquent jamais ni la rosée au ciel,
Ni le lait aux troupeaux, ni dans les bois le miel.
Sans cesse en ces beaux lieux tiédis par les zéphires
Les prés ont des parfums et les yeux des sourires.
C'est là qu'aux pieds du chêne ou des platanes verts,
Nous avons de vieux toits par la mousse couverts,
Des puits sous les palmiers plantés par nos ancêtres ;
Le pampre et le laurier embrassent nos fenêtres ;
Dans nos sillons, si peu que les creuse l'airain,
Nous cueillons chaque été dix épis pour un grain.
Là, comme en nos jardins et nos cieux pleins de flammes,
C'est toujours le printemps dans le cœur de nos femmes,
Et les douces saisons remplissent chaque jour
Nos corbeilles de fruits et nos âmes d'amour.

S'il est un homme heureux, il vit sur ces rivages !
Et nous, sans qu'une larme ait baigné nos visages,
Nous avons fui : ces biens nous sont presque odieux ;
Quelque chose de plus nous est dû par les dieux.
Quand le cœur aux désirs éternels est en proie,
L'amour est sans douceur, et l'exil a sa joie.
Nous cherchons ! les glaciers, les sables et les mers
Sont pour nous sans terreurs : tous les pains sont amers ;
Nul hôte n'est béni s'il n'est sage et prophète !
Ce bien rude à trouver dont nous sommes en quête,
Ce n'est l'or, ni l'amour, ni le sceptre : à Jason
Nous n'eussions de Colchos disputé la toison ;
Pour suivre jusqu'au bout la voix qui nous entraîne,
Nous aurions laissé fuir le navire d'Hélène ;
Et, les bras étendus vers un plus saint trésor,
Passé sans les cueillir devant les pommes d'or.
Le fruit mystérieux dont l'espoir nous altère
Ne mûrit pas peut-être au soleil de la terre ;
S'il naissait sous un flot, sur un roc élevé,
Partout où l'homme atteint, oh ! nous l'aurions trouvé !
Nous avons fouillé tout, laissant partout nos traces,
Aux sables d'Idumée, aux bois sombres des Thraces ;

Notre bouche a pressé les fruits mûrs du lotos,
Et bu la neige vierge au sommet de l'Athos.
Les peuples nous ont dit : « Frappez aux sanctuaires ! »
Nous avons de cent dieux levé les vieux suaires,
Interrogé les voix de cent autels divers ;
Les caveaux de Memphis pour nous se sont ouverts ;
De Delphe et d'Érythrée, au fond des noirs asiles,
Nous avons sans effroi vu chanter les sibylles ;
Notre oreille attentive a pu saisir le nom
Que Phœbus fait redire au magique Memnon ;
A Thèbes, des vieux sphinx interrogeant la face,
Nous y lûmes des mots que le simoun efface ;
Les chênes de Dodone ont parlé devant nous ;
Et dans Persépolis, humblement à genoux,
Nous avons vu briller, sans percer nos nuages,
Le foyer éternel qu'alimentent les Mages !
Notre esprit cherche encor le bien qui l'a tenté.
Est-il ici ? Tu sais lequel !... La Vérité !

L'HIÉROPHANTE.

Tant que vos sens craindront le toucher de la flamme,
Hommes ! la vérité n'est pas faite pour l'âme.

Si les dieux n'en voilaient les rayons trop ardents,
Ce flambeau brûlerait les yeux des imprudents ;
Si la terre approchait du dieu qui la féconde,
Un éclair de son char aurait dissous le monde.
Nul, dans ce feu, ne prend les charbons à son gré ;
Ce qu'il faut à chaque âge est là-haut mesuré.
La lampe surgira ; mais malheur au profane
Qui brise avant le temps son urne diaphane !
N'entrez pas au saint lieu pour en sonder les murs
Et creuser sous l'autel. Dans les trépieds obscurs
Craignez de réveiller quelques clartés funèbres,
Mortels ! et rendez grâce aux dieux de vos ténèbres !

LE CHŒUR.

La vérité, c'est l'air que respire l'esprit,
L'aliment créateur dont l'âme se nourrit ;
C'est l'haleine des dieux, c'est leur sang qui circule :
Mais ce n'est point un feu qui tue, un vent qui brûle.
O prêtre ! à t'écouter, c'est un fleuve d'enfer
Où l'homme ne saurait tomber sans étouffer !
O science ! ô science ! ô lac tiède et fluide
Qui baigne les jardins de l'Olympe splendide,

Mer immatérielle aux flots mélodieux,
Où plonge en s'abreuvant l'heureux peuple des dieux !
Sur leurs longs cheveux d'or d'où ton onde ruisselle
Quand l'âme voit de loin jaillir une étincelle,
Comme un cygne attiré par le reflet des eaux,
En rêve ayant déjà son nid dans tes roseaux,
Elle part; et, volant vers ces sources si belles,
Donne pour y monter tout l'essor à ses ailes :
Car c'est là qu'elle trouve un breuvage, un lit pur,
Là qu'elle lave, enfin, sa blancheur dans l'azur,
Livre sa jeune plume à la brise bénie,
Et mêle au chant des flots sa goutte d'harmonie!

L'HIÉROPHANTE.

Il est, sur un sommet dans les airs suspendu,
Parmi les fleurs d'un sol à vos pas défendu,
Il est une fontaine où l'aigle seul vient boire.
L'eau de science y coule en un bassin d'ivoire;
Quand l'homme y veut gravir appuyé sur l'orgueil,
Le vertige, veillant à la garde du seuil,
Du suprême échelon ou du faîte qu'il touche
Le fait rouler au fond d'un souffle de sa bouche.

LE CHŒUR.

Sur le front de l'Atlas nous avons mis nos pieds :
Leur vol n'y porte pas les aigles effrayés.
Sur les glaciers béants qui nous tendaient leurs pièges
Nous avons sans ivresse aspiré l'air des neiges;
Le fluide subtil qui flotte en haut des monts
N'a pu troubler nos yeux, ni brûler nos poumons;
Et, debout, sans frémir au bord du pic sublime,
Nous avons soutenu les regards de l'abîme.
Va! nous pourrons gravir en creusant nos chemins
Tout sommet dont la base offre prise à nos mains!

L'HIÉROPHANTE.

Vous saurez, mais trop tard, ô cœurs que rien n'effraie,
De quel funeste prix la science se paie
Et comme on peut vieillir en un jour révolu!
Mais venez!... qu'il soit fait ce que l'homme a voulu!

LE CHŒUR.

Esprit, réjouis-toi! ton attente est passée;
Voici la Vérité, ta belle fiancée;

Avant l'heure d'hymen, au seuil de sa maison,
Chante, oiseau plein d'amour, ta plus douce chanson !

II

Le prêtre, en gémissant, livre la porte sainte
A ces hardis mortels ; eux traversent l'enceinte
Où la foule s'arrête, et, sans courber le front,
Vont droit au sanctuaire où les voix parleront.

C'était un antre immense, aussi vieux que la terre,
Où les Titans vaincus cachaient leur culte austère,
Un mont entier creusé des pieds jusqu'aux sommets ;
L'œil du jour et des dieux n'y pénetra jamais.
Sculptés dans son granit, des monstres séculaires
Couvraient de longs troupeaux ses parois circulaires ;
Sur un trépied de bronze, un vase empli de feu,
Comme un astre immobile, en marquait le milieu.
Seul flambeau de qui l'antre empruntait un jour pâle,
La clarté se mourait près de ses flancs d'opale,

Et, sans monter jamais jusqu'aux faîtes obscurs,
Son reflet vaguement allait blanchir les murs.

Le globe merveilleux ne laissait point d'issue
Par où l'on pût toucher à la flamme aperçue;
Sur ses larges contours un artiste pieux
Grava fidèlement les images des dieux,
Leurs combats, leurs amours, les traits de leur sagesse,
Ce qu'adoraient enfin l'Orient et la Grèce.
Le jour intérieur ne luisait au dehors
Qu'en rayons adoucis sortant de leurs beaux corps,
Et recevant d'eux seuls sa forme et ses limites,
S'échappait en clarté sous le voile des mythes.

L'Olympe y semblait vivre avec ses habitants;
L'homme y tenait sa place après les vieux Titans.
Tel que l'avait conçu la *foi* du monde antique :
C'était là du grand tout un abrégé mystique.

Zeus s'y manifestait en ses règnes divers;
Zeus, le père des dieux, l'âme de l'univers,
Roi toujours créateur dans ses métamorphoses.

Ici, sur l'Eurotas, sortant des lauriers-roses,
Cygne voluptueux par Léda caressé,
L'aile ouverte et le col dans ses bras enlacé,
De deux guerriers jumeaux il rend Sparte féconde,
Par ce même baiser qui donne Hélène au monde.
Autre part, pour aimer et pour créer encor,
Sur une fleur captive il pleut en gouttes d'or.
Ailleurs son bras soutient, sans que leur poids l'entraîne,
L'effort de tous les dieux suspendus à sa chaîne.
Là, sa foudre aux Titans défend l'abord des cieux ;
Là, taureau, sur sa croupe il porte en des flots bleus,
Vers un monde à peupler dont elle sera mère,
Europe aux pieds d'argent que baise l'onde amère.
Ainsi, dans ses projets pour l'amour ou l'effroi,
Tout élément concourt à servir le dieu-roi.

Plus loin l'ardent Phœbus, le prince au triple empire,
Archer qui tient aussi les rênes et la lyre,
Devant qui meurt toute ombre et pâlit tout flambeau,
Apollon, le dieu seul sans rival, le dieu beau,
Séchant sous ses traits d'or un limoneux refuge,
Perce l'impur Python, noir enfant du déluge.

Instruit par son oracle, un couple abandonné
Sème les cailloux vils dont un grand peuple est né.
Déjà, sous les regards de l'éternel poète,
L'univers réveillé prend des habits de fête,
Et les hommes groupés autour du dieu vainqueur
Pour la première fois savent chanter en chœur.
La lyre enlève aux monts et bâtit les murailles
Des villes qui germaient dans leurs fortes entrailles ;
Les sauvages tribus, accourant à sa voix,
S'approchent en dansant au bord des sombres bois.
Tout fleurit sous tes pas ! Tu fais croître et transformes,
O dieu de l'harmonie ! ô roi des belles formes !
Ton bras, libre des plis de ta chlamyde d'or,
Montre le vieux serpent qui rampe et hurle encor ;
Un orgueil triomphant soulève ta poitrine,
Ouvre à demi ta lèvre et gonfle ta narine,
Et sur ce monde neuf planant en souverain,
Tu jettes sur ton œuvre un œil fier et serein !

Sans rompre encor le chant de son hymne étouffée,
L'Èbre roule la tête et la lyre d'Orphée.
Sur les bords du torrent les arbres sont en pleurs ;

Les monstres des forêts hurlent dans leurs douleurs ;
Et l'homme qui doit tout, arts et lois, au poète,
Passe auprès, les yeux secs, sans qu'un tombeau s'apprête.

Là, c'est le froid Caucase ; au granit de son front,
Avec des liens d'acier que d'autres dieux rompront,
Zeus, par la main d'Hermès, a rivé Prométhée.
La foule au bas se chauffe à la flamme inventée,
Et l'ongle du vautour fouillant ce noble sein
Punit le vieux Titan du glorieux larcin.

Chanteur au front pensif que la grâce décore,
Auprès d'Hercule assis, le fils de Terpsichore,
Linus, du rude athlète ose asservir les doigts
Au doux jeu de la lyre, et conduire sa voix.
Mais la corde est rétive aux mains du lourd élève ;
Jamais en son gosier un son pur ne s'achève ;
Il fausse la cadence ; et la cherchant en vain,
Casse la fibre d'or de l'instrument divin.
Retiens, maître, retiens toute parole amère !
Le stupide géant est prompt à la colère,
Il se lève, il écume ; ô douleur ! t'arrachant

L'ivoire qui, dans l'air, jette un soupir touchant.
Frappe ta blonde tête où s'éteint le sourire,
Et brise, au même coup, le chanteur et la lyre.
Étanchez dans les fleurs le sang à ses cheveux,
Nymphes! Pleurez sur lui, sur ces hommes pieux
Qui, voulant de leur âme animer la matière,
Tomberont, comme lui, brisés par le vulgaire!
Si tu crains le martyre, étouffe tes chansons,
O poète! La mort te paira tes leçons.
Les peuples lasseront ta sagesse déçue :
N'offre jamais la lyre à qui tient la massue!

Tous étaient là gravés : dieux, demi-dieux, héros,
La race des Titans, et ses mille travaux.
Comme l'astre qui point sous l'or sculpté des nues,
Un feu voilé perçait sous ses formes connues.

C'était Pallas donnant ses trésors et son nom
Aux champs où doit surgir le divin Parthénon.
La vierge au casque d'or, forte, belle et pensive,
Frappe le sol d'Attique et fait jaillir l'olive.

Le front ceint de pavots, assise sur les blés,
Cérès offre aux humains ses seins de lait gonflés.
Sous un gazon plus vert Rhéa cache les tombes.
Aphrodite, bercée au vol de ses colombes,
Au milieu des baisers, indique au blond Éros
Une place où le fer défend mal les héros.

Bacchus, le thyrse en main et la face rougie,
Excite l'univers à la mystique orgie.
Il se roule en chantant sur le crin des lions;
La sève autour de lui bouillonne; les sillons
Versent le grain à flots; les cratères s'allument;
Un baume âcre et puissant jaillit des fleurs qui fument.
Près du dieu les volcans, les torrents et les bois
Donnent tout ce qu'ils ont de feu, d'ombre et de voix...

Dans l'ombre, au bord d'une eau que le croissant argente,
Écartant doucement le cytise et l'acanthe,
Comme un rêve divin Phébé vient se poser
Près du pasteur chéri qu'éveille son baiser.
La déesse a d'abord, du bois plein de mystère,
Chassé Faunes, Sylvains. Sa beauté solitaire,

Vierge pour tous les dieux, garde ses doux secrets
Au seul Endymiòn, fils rêveur des forêts.

Il n'est arbre enchanté, fleur et source magique,
Que n'eût pas reproduit le ciseau liturgique.
L'urne au corps diaphane offre sur ses contours
Des eaux fuyant la main, des troncs saignant toujours.
Là pleure le rocher et l'écorce palpite,
Quand la hache a blessé la nymphe qui l'habite.
Là, par sa langueur folle à la terre attaché,
Sur son miroir Narcisse est à jamais penché,
Et végète absorbé dans l'amour de lui-même.
Là, pour orner le front du jeune dieu qui l'aime,
Un laurier abondant cache à demi Daphné.
Là, des doigts de Lotis un fruit est déjà né,
Et son corps virginal, dont le pied prend racine,
Semble une fleur s'ouvrant sur sa tige divine.
Quelque chose d'humain transpire de partout,
Et de l'oiseau qui vole et de l'onde qui bout.
Chaque arbuste est paré d'une grâce ravie :
A le voir végéter, on comprend qu'il eut vie ;
Que les êtres issus d'un souffle universel

Font entre eux de la forme un échange éternel.

Enfin, du haut d'un mont, sous les pins et les chênes,
Pan, le riche berger, surveille ses domaines.
Les Nymphes près de lui sont assises en rond;
Deux rameaux verdoyants jaillissent de son front;
Sa main tient le syrinx appliqué sur sa lèvre,
Et le gazon en fleurs couvre ses pieds de chèvre.
Son visage reluit; mille étoiles en feu
Argentent comme au ciel sa poitrine : le dieu
Mêle ainsi dans son corps, peint suivant le vieux rite,
Ce qui vit ou végète avec ce qui gravite.
Autour, l'herbe est épaisse et les bois sont touffus;
Les grands vallons sont pleins de murmures confus.
Là, taureaux et brebis, loups, hydres, sphinx énormes,
Hommes de divers sang, monstres de toutes formes,
Dans l'herbe, dans les blés, dans les marais épars,
Semblent depuis mille ans paître sous ses regards.
Au loin la mer blanchit sous les pas de la houle.
Au-dessus, dans l'éther, comme un sable qui roule,
Des milliers d'astres d'or luisent sur chaque lieu
Du cercle universel dont Pan est le milieu.

Lui, qui fait obéir cet empire à sa flûte,
Des éléments discords apaise ainsi la lutte.
Roi fort et pacifique, harmonieux pasteur,
Modérant la vitesse et pressant la lenteur,
Donnant le ton aux voix de l'homme, aux bruits
[champêtres,
Il conduit en chantant le grand troupeau des êtres.

Les hommes admiraient ces tableaux merveilleux;
Et, tandis qu'à genoux ils priaient tous ces dieux,
Grave et haute, une voix — on eût dit l'antre même —
Se mit à proférer l'enseignement suprême.
Ce qu'elle remua d'ombres et de clarté,
De terreurs ou d'espoir, nul ne l'a raconté;
Mais tant qu'elle parla, ces mortels pleins d'audace
Pâlirent en suant une sueur de glace.
Quelques fantômes vains s'effaçaient de leurs yeux,
Mais un jour effrayant creusait son vide entre eux,
Et devant sa lueur, qui chassait des chimères,
Ils voyaient s'éclipser bien des figures chères!

Quand l'oracle se tut, une invisible main

Frappa le vase ardent, qui se rompit soudain,
Et de dieux en débris la terre fut couverte.
S'élançant à grands jets de sa prison ouverte,
La flamme inonde l'antre. Éblouis, aveuglés,
Par ces vives splendeurs sentant leurs yeux brûlés,
Regrettant l'ombre antique, et fuyant la lumière,
Les hommes à grands pas sortent du sanctuaire.

III

La grève d'Éleusis entendit des sanglots
Se mêler, tout le soir, au bruit calme des flots,
Et des pas retentir, et des voix désolées
Se plaindre en chœur dans l'ombre ou gémir isolées.

LE CHŒUR.

Ah! la terre est déserte et le ciel dépeuplé!
Quel est ce dieu secret dont l'oracle a parlé?
Pourquoi s'enferme-t-il en des lieux invisibles?
Les nôtres se montraient sous des formes sensibles,

Et les hommes ravis adoraient sans efforts
Les esprits immortels vêtus de ces beaux corps!
Mais toi, dieu solitaire au delà des nuages,
Qui saura pour l'autel nous tailler tes images,
De quelles fleurs te ceindre, et de quels traits t'armer;
Et, si nul ne te voit, qui donc pourra t'aimer?

O Grèce! si ces dieux n'étaient rien que tes rêves!
Quel doigt sculpta si bien les contours de tes grèves?
Est-ce pour y loger une ombre et de vains noms
Que tes fils ont bâti les sacrés Parthénons?
Adore un dieu plus fort, si l'homme l'imagine,
Que ceux qui t'ont donné Platée et Salamine!
Pour l'immortel souper qu'attend Léonidas,
Trouve un autre Élysée ouvert à tes soldats!
Quand on aura brisé les images des temples,
De quels dieux nos héros suivront-ils les exemples?
Les autels vont crouler, les vertus avec eux...
Ah! s'il est temps encor, rendez-nous nos faux dieux!...

Sunium

Sagesse des vieux jours, vierge mélodieuse,
Muse vêtue encor de la pourpre du ciel,
Manne que distillait une bouche pieuse,
Science des enfants, faite d'ambre et de miel !

La lumière et l'amour ruisselaient, ô déesse,
Sur ta chaste poitrine en un même ruisseau,
Et l'homme entre tes bras buvait avec ivresse
Le breuvage du vrai dans la coupe du beau.

Nul livre n'abaissait ta main droite étendue;
Le passé, dans tes chants, racontait l'avenir,
Et, de l'éternité naguère descendue,
Tu n'avais pour parler qu'à te ressouvenir.

O vérité! ton âme habitait dans la lyre,
L'esprit avec le son y chantait à la fois;
Mais de ses flancs brisés où l'homme voulait lire,
Il a fait envoler la pensée et la voix.

Sainte inspiration, la terre t'a bannie!
La science à pas lourds y creuse ses sillons;
Le sage n'entend plus murmurer un génie;
Dieu voile sa splendeur aux yeux des nations.

Mais, ô divin Platon, fils des vieux sanctuaires,
Lorsque au fond de l'éther vous sommeilliez encor,
La muse vous nourrit des saints électuaires,
Et toucha votre bouche avec ses lèvres d'or.

Elle vous fit ainsi poète entre les sages ;
Tous les autres parlaient et vous avez chanté !
La myrrhe au sein de l'or se garde après des âges :
Tous vos enseignements vivront dans la beauté.

Je vous vois, ô vieillard, assis sous les portiques,
Et marchant lentement sous les platanes verts,
Et sur un lit d'ivoire en ces festins antiques
Où coulaient à la fois le nectar et les vers.

Là, couronné de fleurs, ô hiérophante, ô prêtre !
Vous découvriez le seuil d'un monde radieux ;
Vos amis se pressaient, beaux comme leur beau maître,
Et leurs regards suivaient le chemin de vos yeux.

Ainsi qu'un vin bénit que l'on boit à la ronde,
Vous répandiez sur eux un discours embaumé,
En flattant sous vos doigts la chevelure blonde
D'un jeune Athénien immobile et charmé.

Après venait un chœur de femmes d'Ionie;
La flûte cadençait leurs pas mélodieux;
Puis, ô Grecs! enivrés d'amour et d'harmonie,
Vous chantiez sur la lyre un hymne pour les dieux.

Sunium! Sunium, ô divin promontoire
Que la mer de Myrtho baigne amoureusement,
Ta cime a vu trôner le sage dans sa gloire!
Il a mêlé sa voix à ton gémissement!

Il venait là s'asseoir sur la roche dorée,
Le poète! il parlait avec un front riant;
Parfois, comme pour lire une page inspirée,
Il s'arrêtait, les yeux plongés dans l'Orient.

Ses disciples, drapés dans leurs manteaux de laine,
Dans les myrtes en fleurs se groupant au hasard,
Recevaient en leurs cœurs, muets et sans haleine,
Le baume qui coulait des lèvres du vieillard.

Sunium! Sunium! as-tu fait à sa place
Fleurir un laurier-rose ou quelque arbre inconnu?
As-tu plus de parfums pour la brise qui passe?
Tes échos chantent-ils depuis qu'il est venu?

A un grand Arbre

L'esprit calme des dieux habite dans les plantes.
Heureux est le grand arbre aux feuillages épais ;
Dans son corps large et sain la sève coule en paix,
Mais le sang se consume en nos veines brûlantes.

A la croupe du mont tu sièges comme un roi ;
Sur ce trône abrité, je t'aime et je t'envie ;
Je voudrais échanger ton être avec ma vie,
Et me dresser tranquille et sage comme toi.

Le vent n'effleure pas le sol où tu m'accueilles;
L'orage y descendrait sans pouvoir t'ébranler;
Sur tes plus hauts rameaux, que seuls on voit trembler,
Comme une eau lente, à peine il fait gémir tes feuilles.

L'aube, un instant, les touche avec son doigt vermeil;
Sur tes obscurs réseaux semant sa lueur blanche,
La lune aux pieds d'argent descend de branche en branche,
Et midi baigne en plein ton front dans le soleil.

L'éternelle Cybèle embrasse tes pieds fermes;
Les secrets de son sein, tu les sens, tu les vois;
Au commun réservoir en silence tu bois,
Enlacé dans ces flancs où dorment tous les germes.

Salut, toi qu'en naissant l'homme aurait adoré!
Notre âge, qui se rue aux luttes convulsives,
Te voyant immobile, a douté que tu vives,
Et ne reconnaît plus en toi l'hôte sacré,

Ah ! moi, je sens qu'une âme est là sous ton écorce :
Tu n'as pas nos transports et nos désirs de feu,
Mais tu rêves, profond et serein comme un dieu ;
Ton immobilité repose sur ta force.

Salut ! Un charme agit et s'échange entre nous.
Arbre, je suis peu fier de l'humaine nature ;
Un esprit revêtu d'écorce et de verdure
Me semble aussi puissant que le nôtre et plus doux.

Verse à flots sur mon front ton ombre qui m'apaise ;
Puisse mon sang dormir et mon corps s'affaisser ;
Que j'existe un moment sans vouloir ni penser :
La volonté me trouble, et la raison me pèse.

Je souffre du désir, orage intérieur ;
Mais tu ne connais, toi, ni l'espoir, ni le doute,
Et tu n'as su jamais ce que le plaisir coûte ;
Tu ne l'achètes pas au prix de la douleur.

Quand un beau jour commence et quand le mal fait trêve,
Les promesses du ciel ne valent pas l'oubli ;
Dieu même ne peut rien sur le temps accompli ;
Nul songe n'est si doux qu'un long sommeil sans rêve.

•

Le chêne a le repos, l'homme a la liberté...
Que ne puis-je en ce lieu prendre avec toi racines !
Obéir, sans penser, à des forces divines,
C'est être dieu soi-même, et c'est ta volupté.

•

Verse, ah ! verse dans moi tes fraîcheurs printanières,
Les bruits mélodieux des essaims et des nids,
Et le frissonnement des songes infinis ;
Pour ta sérénité je t'aime entre nos frères.

•

Si j'avais, comme toi, tout un mont pour soutien,
Si mes deux pieds trempaient dans la source des choses,
Si l'Aurore humectait mes cheveux de ses roses,
Si mon cœur recélait toute la paix du tien ;

Si j'étais un grand chêne avec ta sève pure,
Pour tous, ainsi que toi, bon, riche, hospitalier,
J'abriterais l'abeille et l'oiseau familier
Qui, sur ton front touffu, répandent le murmure;

Mes feuilles verseraient l'oubli sacré du mal;
Le sommeil, à mes pieds, monterait de la mousse;
Et là viendraient tous ceux que la cité repousse
Écouter ce silence où parle l'idéal.

Nourri par la nature, au destin résignée,
Des esprits qu'elle aspire et qui la font rêver,
Sans trembler devant lui, comme sans le braver,
Du bûcheron divin j'attendrais la cognée.

La Mort d'un Chêne

I

Quand l'homme te frappa de sa lâche cognée,
O roi qu'hier le mont portait avec orgueil,
Mon âme, au premier coup, retentit indignée,
Et dans la forêt sainte il se fit un grand deuil.

Un murmure éclata sous ses ombres paisibles :
J'entendis des sanglots et des bruits menaçants ;
Je vis errer des bois les hôtes invisibles,
Pour te défendre, hélas ! contre l'homme impuissants.

Tout un peuple effrayé partit de ton feuillage,
Et mille oiseaux chanteurs, troublés dans leurs amours,
Planèrent sur ton front, comme un pâle nuage,
Perçant de cris aigus tes gémissements sourds.

Le flot triste hésita dans l'urne des fontaines;
Le haut du mont trembla sous les pins chancelants,
Et l'aquilon roula dans les gorges lointaines
L'écho des grands soupirs arrachés à tes flancs.

Ta chute laboura, comme un coup de tonnerre,
Un arpent tout entier sur le sol paternel;
Et quand son sein meurtri reçut ton corps, la terre
Eut un rugissement terrible et solennel.

Car Cybèle t'aimait, toi l'aîné de ses chênes,
Comme un premier enfant que sa mère a nourri;
Du plus pur de sa sève elle abreuvait tes veines,
Et son front se levait pour te faire un abri.

Elle entoura tes pieds d'un long tapis de mousse,
Où toujours en avril elle faisait germer
Pervenche et violette à l'odeur fraîche et douce,
Pour qu'on choisît ton ombre et qu'on y vînt aimer.

Toi, sur elle épanchant cette ombre et tes murmures,
Oh ! tu lui payais bien ton tribut filial !
Et chaque automne à flots versait tes feuilles mûres,
Comme un manteau d'hiver, sur le coteau natal.

La terre s'enivrait de ta large harmonie ;
Pour parler dans la brise, elle a créé les bois ;
Quand elle veut gémir d'une plainte infinie,
Des chênes et des pins elle emprunte la voix.

Cybèle t'amenait une immense famille ;
Chaque branche portait son nid ou son essaim :
Abeille, oiseaux, reptile, insecte qui fourmille,
Tous avaient la pâture et l'abri dans ton sein,

Ta chute a dispersé tout ce peuple sonore;
Mille êtres avec toi tombent anéantis;
A ta place, dans l'air, seuls voltigent encore
Quelques pauvres oiseaux qui cherchent leurs petits.

Tes rameaux ont broyé des troncs déjà robustes;
Autour de toi la mort a fauché largement.
Tu gis sur un monceau de chênes et d'arbustes.
J'ai vu tes verts cheveux pâlir en un moment.

Et ton éternité pourtant me semblait sûre!
La terre te gardait des jours multipliés...
La sève afflue encor par l'horrible blessure
Qui dessécha le tronc séparé de ses pieds.

Oh! ne prodigue plus la sève à ces racines,
Ne verse pas ton sang sur ce fils expiré,
Mère! garde-le tout pour les plantes voisines :
Le chêne ne boit plus ce breuvage sacré.

Dis adieu, pauvre chêne, au printemps qui t'enivre.
Hier, il t'a paré de feuillages nouveaux;
Tu ne sentiras plus ce bonheur de revivre.
Adieu les nids d'amour qui peuplaient tes rameaux.

Adieu les noirs essaims bourdonnant sur tes branches,
Le frisson de la feuille aux caresses du vent;
Adieu les frais tapis de mousse et de pervenches
Où le bruit des baisers t'a réjoui souvent.

O chêne, je comprends ta puissante agonie!
Dans sa paix, dans sa force, il est dur de mourir;
A voir crouler ta tête, au printemps rajeunie,
Je devine, ô géant! ce que tu dois souffrir.

Ainsi jusqu'à ses pieds l'homme t'a fait descendre;
Son fer a dépecé les rameaux et le tronc;
Cet être harmonieux sera fumée et cendre,
Et la terre et le vent se le partageront!

Mais n'est-il rien de toi qui subsiste et qui dure?
Où s'en vont ces esprits d'écorce recouverts?
Et n'est-il de vivant que l'immense nature,
Une au fond, mais s'ornant de mille aspects divers?

Quel qu'il soit, cependant, ma voix bénit ton être
Pour le divin repos qu'à tes pieds j'ai goûté.
Dans un jeune univers, si tu dois y renaître,
Puisses-tu retrouver la force et la beauté!

Car j'ai pour les forêts des amours fraternelles;
Poète vêtu d'ombre, et dans la paix rêvant,
Je vis avec lenteur, triste et calme; et, comme elles,
Je porte haut ma tête, et chante au moindre vent.

Je crois le bien au fond de tout ce que j'ignore;
J'espère malgré tout, mais nul bonheur humain:
Comme un chêne immobile, en mon repos sonore,
J'attends le jour de Dieu qui nous luira demain.

En moi de la forêt le calme s'insinue ;
De ses arbres sacrés, dans l'ombre enseveli,
J'apprends la patience aux hommes inconnue,
Et mon cœur apaisé vit d'espoir et d'oubli.

Mais l'homme fait la guerre aux forêts pacifiques ;
L'ombrage sur les monts recule chaque jour ;
Rien ne nous restera des asiles mystiques
Où l'âme va cueillir la pensée et l'amour.

Prends ton vol, ô mon cœur ! la terre n'a plus d'ombres,
Et les oiseaux du ciel, les rêves infinis,
Les blanches visions qui cherchent les lieux sombres,
Bientôt n'auront plus d'arbre où déposer leurs nids.

La terre se dépouille et perd ses sanctuaires ;
On chasse des vallons ses hôtes merveilleux.
Les dieux aimaient des bois les temples séculaires,
La hache a fait tomber les chênes et les dieux.

Plus d'autels, plus d'ombrage et de paix abritée,
Plus de rites sacrés sous les grands dômes verts!
Nous léguons à nos fils la terre dévastée,
Car nos pères nous ont légué des cieux déserts.

II

Ainsi tu gémissais, poète, ami des chênes,
Toi qui gardes encor le culte des vieux jours.
Tu vois l'homme altéré sans ombre et sans fontaines...
Va! l'antique Cybèle enfantera toujours!

Lève-toi! c'est assez pleurer sur ce qui tombe;
La lyre doit savoir prédire et consoler;
Quand l'esprit te conduit sur le bord d'une tombe,
De vie et d'avenir c'est pour nous y parler.

Crains-tu de voir tarir la sève universelle,
Parce qu'un chêne est mort et qu'il était géant?
O poète! âme ardente, en qui l'amour ruisselle,
Organe de la vie, as-tu peur du néant?

Va! l'œil qui nous réchauffe a plus d'un jour à luire;
Le grand semeur a bien des graines à semer.
La nature n'est pas lasse encor de produire :
Car, ton cœur le sait bien, Dieu n'est pas las d'aimer.

Tandis que tu gémis sur cet arbre en ruines,
Mille germes, là-bas déposés en secret,
Sous le regard de Dieu veillent dans ces collines,
Tout prêts à s'élancer en vivante forêt.

Nos fils pourront aimer et rêver sous leurs dômes,
Le poète adorer la nature et chanter;
Dans l'ombreux labyrinthe où tu vois des fantômes,
Un idéal plus pur viendra les visiter.

Croissez sur nos débris, croissez, forêts nouvelles !
Sur vos jeunes bourgeons nous verserons nos pleurs.
D'avance je vous vois, plus fortes et plus belles,
Faire un plus doux ombrage à des hôtes meilleurs.

Vous n'abriterez plus de sanglants sacrifices ;
L'âge emporte les dieux ennemis de la paix.
Aux chants, aux jeux sacrés, vos séjours sont propices ;
Votre mousse aux loisirs offre des lits épais.

Ne penche plus ton front sur les choses qui meurent ;
Tourne au levant tes yeux, ton cœur à l'avenir.
Les arbres sont tombés, mais les germes demeurent ;
Tends sur ceux qui naîtront tes bras pour les bénir.

Poète aux longs regards, vois les races futures,
Vois ces bois merveilleux à l'horizon éclos ;
Dans ton sein prophétique écoute leurs murmures ;
Écoute : au lieu d'un bruit de fer et de sanglots,

Sur des coteaux baignés par des clartés sereines,
Où des peuples joyeux semblent se reposer,
Sous les chênes émus, les hêtres et les frênes,
On dirait qu'on entend un immense baiser !

A une Branche d'Amandier

Déjà mille boutons rougissants et gonflés,
Et mille fleurs d'ivoire,
Forment de longs rubans et des nœuds étoilés
Sur votre écorce noire,

Jeune branche ! et pourtant sous son linceul neigeux,
Dans la brume incolore,
Entre l'azur du ciel et nos sillons fangeux
Février flotte encore.

Une heure de soleil, le bleu de l'horizon,
La tiède matinée,
Vous ont fait croire, hélas! que la belle saison
Nous était ramenée.

Parfois l'hiver stérile a des soleils trompeurs,
Et sa face est dorée ;
Mais il ne peut mûrir une seule des fleurs
Dont vous êtes parée.

Après ce doux rayon qui brille avec amour,
La nuit sera mortelle ;
Pour fixer le printemps il faut plus d'un beau jour
Et plus d'une hirondelle.

Ne laissez pas jaillir tous vos boutons vermeils
Que le froid ne s'achève ;
Pour la saison féconde et pour les vrais soleils
Gardez bien votre sève.

L'hiver va de vos fleurs ternir la pureté,
Et leur règne s'abrège ;
Leurs calices fondront, comme ferait, l'été,
Une coupe de neige.

Puis, quand le jour luira, qui doit tout ranimer,
Les plantes et les âmes,
Il usera sur vous, sans rien faire germer,
Sa rosée et ses flammes.

Alors tout sous lè ciel, tout sera réveillé ;
Toutes les autres branches
Lèveront au grand air leur ébène émaillé
Et leurs couronnes blanches ;

Et le soleil viendra peindre leur front charmant,
Leurs lèvres nuancées,
Et le vent les fera pencher languissamment
Comme des fiancées.

Les coteaux rougiront, les sillons bigarrés
De fleurs et de verdure,
Tous les arbres des bois, tous les gazons des prés
Seront dans leur parure.

Partout des bruits joyeux, du miel dans chaque fleur,
De l'or sur chaque nue;
Mais vous, dans ce concert, sans voix et sans couleur,
Serez honteuse et nue.

Jamais d'oiseau chanteur sur vous n'aura guetté
L'insecte qui bourdonne;
Vous ne donnerez pas de verdure à l'été
Ni de fruits à l'automne.

Un jour vous a tout pris : ses rayons déjà morts
Brillaient pour vous séduire;
Et vous avez perdu tous vos jeunes trésors
Joués sur un sourire.

Limpidité

Il est des sources d'eau si bleue et si limpide,
Que rien n'en peut ternir la transparence humide ;
Que sur un noir limon leurs ondes de cristal
Roulent sans altérer l'azur du flot natal ;
Qu'à travers les débris qui sur leurs bords s'amassent,
Elles savent choisir les fleurs lorsqu'elles passent,
Et que, vierges encor de toute impureté,
L'Océan les reçoit dans son immensité.
Près d'elles l'ombre est douce aux affligés ; près d'elles
Les oiseaux chantent mieux, les plantes sont plus [belles ;

Près d'elles, au matin, les femmes vont s'asseoir
Pour nouer leurs cheveux devant un clair miroir.

Il est des âmes qui, dans nos sentiers de fange,
Glissent sans y tacher leur blanche robe d'ange,
Sans laisser, comme nous, se prendre à chaque pas
Une sainte croyance aux ronces d'ici-bas;
Des cœurs qui restent purs quand l'ennui les traverse,
Qui gardent leur amour dans la fortune adverse.
L'air vicié du monde en passant autour d'eux
Se charge de parfums; et, comme des flots bleus,
Sans entraîner un grain de nos terres infâmes,
Ils coulent en chantant vers l'océan des âmes.

L'Alpe vierge

A LA JUNGFRAU

I

Un esprit gardien de toute pureté
Habite les glaciers et la neige éternelle.
L'air qu'on respire autour de ce faîte argenté
Rajeunit l'âme et jette une lumière en elle.

O vierge ! cette nuit, dans son fluide azur,
Semble exprès pour mes yeux dissiper tous les voiles ;
J'adore en sa blancheur ton front chargé d'étoiles.
En toi, jusqu'à ton nom, tout est splendide et pur !

Le ciel seul boit ton souffle à ta lèvre sacrée ;
Ton sein veiné d'azur, rougissant au réveil,
Laisse à Dieu seul cueillir sur sa neige empourprée
Les roses d'Orient qu'y sème le soleil.

Toi seule entre les monts as préservé ta face
De l'affront qu'aux sommets imprime un pied humain.
Partout survient la fange où se forme un chemin :
Tu dois de rester pure à tes remparts de glace.

Par eux tes flancs sacrés conservent leur candeur.
Le soir, lorsque à tes pieds tout le pays est sombre,
De l'azur infini perçant la profondeur,
Des sommets fréquentés ton front domine l'ombre.

Toi-même as cependant tes vallons ténébreux,
Et tu tiens, par ta base, aux régions impures
Où l'eau du ciel se trouble à laver nos souillures,
Où l'homme teint de sang un sillon douloureux.

Mais au-dessus de tous, belle vierge de neige,
Attirant le premier l'onde et les feux du ciel,
Ton front chaste et hautain garde le privilège
De porter l'invisible et l'immatériel.

Dieu, pour trône ici-bas, a pris ta blanche cime,
Seul séjour assez pur pour qu'il s'y daigne asseoir;
C'est lui, dans tes splendeurs, qui m'apparaît ce soir;
C'est sa voix que j'entends sur ton glacier sublime.

II

Tu portes, ô mon âme! un sommet tout pareil,
Un sommet virginal plus haut que tous nuages,
Et qui toujours reflète un peu du vrai soleil,
Quand ta plaine assombrie est en proie aux orages.

Tu n'as que trop, aussi, d'infimes régions,
Noirs marais dont chacun cache une hydre rampante;
Chemins à tous venants, où la fange serpente,
Et qu'en troupeaux impurs foulent les passions.

Oui, ta vallée ouverte est basse, humide, obscure,
O cœur par les désirs, par l'ennui fréquenté!
Mais vous savez, mon Dieu, si l'humaine souillure
Jusqu'au sacré sommet a jamais remonté.

Parfois une vapeur sort d'en bas et le cache :
Je ne vois plus briller sa neige à l'horizon ;
Mais elle reste vierge, ô divine raison !
Ta splendeur reluira sur ce glacier sans tache.

Nul impur voyageur du pied ne l'a terni.
A l'homme inférieur par moments invisible,
O région sereine où siège l'infini,
Ta cime aux passions demeure inaccessible !

C'est toujours l'Alpe vierge au front éblouissant,
Dont la chaste hauteur ne peut être abaissée,
Tabernacle où de Dieu réside la pensée,
Échelle de cristal par où l'esprit descend.

Oui, j'ai gardé ta neige en sa fierté suprême ;
Oui, ton faîte est debout ! je le dis humblement :
Car j'en reviens toujours indigné de moi-même,
Quand mon cœur, de là-haut, se mesure un moment.

Et j'offre à cet autel splendide et vierge encore
Mon culte et le tribut de mes jours les meilleurs;
Sa beauté luit en moi, mais elle vient d'ailleurs;
En l'adorant, c'est vous, ô mon Dieu! que j'adore.

En vous est la hauteur de ce front radieux;
En vous est sa blancheur où l'arc-en-ciel se joue :
Dans l'homme seul est l'ombre, en lui sont les bas lieux.
A vous la neige, à moi la poussière et la boue.

Si ce mont reste pur, c'est que vous l'habitez :
Toute virginité n'est que votre présence.
L'homme, s'il eût trouvé ces cimes sans défense,
Eût traîné là sa fange et ses obscurités.

A l'abri de moi-même, ô Père! et de la foule,
Garde donc l'Alpe vierge où luit ton tribunal,
Ce sommet de mon cœur d'où ta grâce découle;
Renforce chaque nuit son rempart glacial;

Pour qu'au-dessus, toujours, des lieux sombres, immondes,
Brille un degré du ciel que je puisse entrevoir,
Et qu'aux feux de midi ce divin réservoir
M'abreuve tout entier de ses fertiles ondes.

Hymne à la Mort

Pourquoi, vous qui rêvez d'unions éternelles,
Maudissez-vous la mort?
Est-ce bien moi qui romps des âmes fraternelles
L'indissoluble accord?

N'est-ce donc pas la vie aux querelles jalouses,
Aux caprices moqueurs,
Qui vient, comme la feuille à travers ces pelouses,
Éparpiller vos cœurs?

C'est sa main qui disjoint vos plus chères entrailles,
Vos âmes en lambeaux,
Et qui dresse entre vous d'aussi froides murailles
Que celles des tombeaux.

Moi, je vous réunis ; je vais, liant ma gerbe,
Aux champs les plus lointains ;
Et des cœurs divisés, de l'humble et du superbe,
Je confonds les destins.

C'est moi qui fais tomber les plus fortes barrières,
Qui brise tous les fers ;
J'ouvre un monde plus vaste aux vertus prisonnières
Dans l'étroit univers.

Chaque âme dans mon sein touche à toutes les âmes ;
Des bouts du firmament
J'assemble et je confonds les plus diverses flammes
Dans mon embrasement.

L'amour est, sous ma loi, pur de la jalousie
Qui l'empoisonne ailleurs :
Il peut, sans rien ôter à l'idole choisie,
Se donner à plusieurs.

L'illusion si douce, ici-bas, t'est ravie ;
Tu vois partout le mal.
La mort conservera, mieux que n'a fait la vie,
Ton rêve d'idéal.

Viens, ô cœur fatigué, qui me craignis naguère,
Vois si je te trompais !
Repose-toi ! La vie est l'éternelle guerre ;
Et moi, je suis la paix.

Les Taureaux

Sur les âpres sentiers du coteau basaltique,
J'entends crier le char de la Cérès antique.
Les blés étant semés, avant la fin du jour
Il ramène au hameau les outils du labour.
Sur le timon de frêne, un jeune bouvier celte,
L'aiguillon à la main, se dresse fier et svelte,
Dirigeant de sa voix, qu'il adoucit encor,
Ses taureaux accouplés comme au temps de Nestor.
Dans les plis de leur cou le poil frémit et fume;
Les voilà dans la cour, le poitrail blanc d'écume.

Le maître, alors, paraît lui-même, et de sa main
Leur enlève le joug qu'ils reprendront demain ;
Et sur leurs fronts touffus pour effacer l'empreinte,
Un enfant les caresse et les frappe sans crainte.
Sous sa verge d'osier je me plais à les voir,
Dociles et joyeux, marcher vers l'abreuvoir,
Puis, libres et gardant un calme qui m'étonne,
Brouter avec lenteur l'herbe rare d'automne.
Alors au bord du pré je m'arrête, et souvent,
Jaloux de ce repos, je leur parle en rêvant :

Salut ! ô vieux amis, vieux nourriciers de l'homme,
Qui depuis six mille ans creusez votre sillon,
Et subissez en paix le joug et l'aiguillon !
Des noms les plus sacrés il faut que je vous nomme.

Géants, à qui suffit un peu d'herbe et de fleurs,
Qu'à la main d'un enfant un grain de sel amorce,
J'adore en vous voyant, ô vieux souffre-douleurs !
Deux attributs divins, la douceur dans la force.

Si vous sentiez l'orgueil, si, las de nos mépris,
Dans les champs du labour transformés en arènes,
Vous tourniez contre nous vos armes souveraines,
Les bouviers et les chars voleraient en débris.

Mais soumis à la main qui frappe et qui récolte,
Comme si vous aviez quelque lointain espoir,
Vous tracez devant nous le sentier du devoir,
Et vous obéissez quand l'homme se révolte.

Laissez-moi donc flatter votre rude poitrail;
Je vous aime entre tous, ouvriers des vieux âges :
Votre exemple est offert aux plus forts, aux plus sages ;
Soyez bénis, taureaux, symbole du travail.

Pour m'instruire avec vous, j'ai quitté les retraites,
Les bois qui me parlaient, animés par les vents ;
C'est vers vous que me guide, entre tous les vivants,
L'esprit qui me choisit mes amitiés secrètes.

Vos pieds noirs et cambrés sont durs comme l'airain ;
J'aime en un droit sillon leur pesanteur sacrée.
La force m'apparaît, une force qui crée,
Devant vos larges fronts à l'air morne et serein.

Qu'un autre soit jaloux du coursier ou de l'aigle !
Je vois d'aussi près qu'eux l'inaccessible azur,
Quand près de mes taureaux je marche d'un pied sûr,
Entre le bois de hêtre et la moisson de seigle.

Du pas lourd des grands bœufs, du bruit sourd des forêts,
J'écoute avec amour la lenteur cadencée ;
C'est ainsi que je sens, dans mes instincts secrets,
Cheminer vers le but mes vers et ma pensée.

J'aime la majesté de votre doux sommeil,
Quand la splendeur du soir, dorant votre poil sombre,
Sur les prés rougissants où s'allonge votre ombre,
Semble aux cornes d'ébène attacher un soleil.

Vers l'astre qui descend, tournant un front superbe,
Couchés en demi-cercle et fermant vos grands yeux,
Tandis que l'enfant joue entre vos pieds dans l'herbe,
Vous ruminez en paix, semblables à des dieux!

Vous êtes, comme ils sont, patients et terribles,
Bienfaisants, comme ils sont pour nous, ingrats mortels!
Et le sage Orient vous dressa des autels,
L'Orient, qui voyait vos vertus invisibles!

Mais l'esprit de nos jours, sombre ennemi du beau,
Et dont l'étroit savoir insulte à la nature,
De sa difformité posant partout le sceau,
A corrompu ta race, ô noble créature!

Dans ces monstres épais qu'il te donne pour fils,
Je cherche, hélas! en vain, ta fierté disparue.
Lui déjà, dans son rêve, ô vieux roi de Memphis,
Il t'arrache aux honneurs de l'antique charrue!

Entends, au bout des prés, cet affreux sifflement :
C'est ton rival qui passe, et le monde l'acclame.
Doux et noble ouvrier, place au vil instrument ;
Place au corps monstrueux qui vient détrôner l'âme.

Que l'esprit désormais passe dans le métal !
Mais en donnant au fer la vitesse et la vie,
O pâle humanité, subis l'arrêt fatal :
A l'œuvre de tes mains tu seras asservie !

Accepte un joug plus dur que celui des taureaux ;
Plus de soleil, d'air pur et d'horizons sans bornes ;
Va pleurer longuement, dans les ateliers mornes,
Ce travail libre et fier qui faisait les héros !

Moi, tant qu'il restera quelque Celte aux mains rudes,
Du taureau de labour gardant le sang bien pur,
J'irai pour adorer, dans son chalet obscur,
L'antique liberté, fille des solitudes.

Disciple et confident des êtres dédaignés,
Je suivrai les troupeaux sur les sommets bleuâtres ;
Là, docile aux accords par les bois enseignés,
Je veux goûter aussi la sagesse des pâtres.

Là, d'un siècle énervé je ressens moins le mal,
Je me crois un moment affranchi de ses chaînes,
Quand j'écoute, en mon rêve enivré d'idéal,
Mugir les grands taureaux à l'ombre des grands chênes.

Une Voix dans l'herbe

Voix des torrents, des mers, dominant toute voix,
Pins au large murmure,
Vous ne dites pas tout, grandes eaux et grands bois,
Ce que sent la nature.

Vous n'exhalez pas seuls, ô vastes instruments,
Ses accords gais ou mornes;
Vous ne faites pas seuls, en vos gémissements,
Parler l'être sans bornes.

Vous ne dites pas seuls les mots révélateurs
D'un invisible monde;
L'âme éclate à travers de plus humbles chanteurs,
Une âme aussi profonde!

Le filet d'eau caché sous l'herbe, le buisson,
La touffe de bruyère,
L'épi, le brin de mousse, ont aussi leur chanson,
Ont aussi leur prière.

Bruit de la goutte d'eau monotone et plaintif,
Cri des feuilles froissées,
Où, seul, trouve un accent le poète attentif
Aux choses délaissées;

Murmure inaperçu du brin d'herbe odorant
Qui tremble à ma fenêtre,
Tu sors, comme la voix du chêne et du torrent,
Des entrailles de l'être!

Tu parles d'infini, comme sur les sommets
L'orgue des bois immenses,
Qui commencent aussi, sans l'achever jamais,
L'accord que tu commences.

Ainsi vous, cœurs perdus dans l'ombre et dans l'oubli,
Cœurs muets pour la foule,
Filet d'eau sous la pierre ou l'herbe enseveli,
Brin de mousse qu'on foule ;

L'harmonie est en vous, l'accord triste ou joyeux !
Et qui bien vous écoute,
Distingue avec amour le flot mystérieux
Qui filtre goutte à goutte.

Ce soupir contenu qui s'exhale à regret
N'en est pas moins sublime ;
C'est un monde profond autant qu'il est secret,
Que ce murmure exprime.

Mais pour l'entendre, il faut, vers l'humble voix penché,
Dans un lieu solitaire,
Comme vers le ruisseau sous ces gazons caché,
S'arrêter et se taire.

Or, le sage, écoutant, loin du monde moqueur,
Dieu dans la moindre brise,
Saisit pour son clavier et garde dans son cœur
Tous ces bruits qu'on méprise;

Car tous, là-haut, soupirs exhalés, sans témoin,
Du brin d'herbe ou du hêtre,
Pour l'éternel concert, avec le même soin,
Sont notés par le Maître!

Symphonie alpestre

CHŒUR DES ALPES.

**Vois ces vierges, là-haut, plus blanches que les cygnes,
Assises dans l'azur sur les gradins des cieux !
Viens ! nous invitons l'âme à des fêtes insignes,
Nous, les Alpes, veillant entre l'homme et les dieux.**

Des amants indiscrets l'abîme nous protège ;
Notre front n'a rougi qu'aux baisers du soleil,
Et les rosiers du soir sur notre sein de neige
Répandent seuls l'ardeur de l'ambre et du vermeil.

Nos flancs ont retenu leur première ceinture ;
Nul œil n'en profana les mystiques attraits ;
Là, sous l'épais rideau des grands bois sans culture,
Le cœur seul est admis à goûter nos secrets.

Nous laissons sous nos pieds verdoyants de prairies
Se jouer les pasteurs et croître les troupeaux ;
Viens, nous t'y verserons le lait des vacheriès
Sur nos tapis de fleurs argentés de ruisseaux.

Notre souffle y répand toute vie, et nous sommes
Le réservoir sacré de toutes les vigueurs ;
Nous gardons purs le sang des taureaux et des hommes ;
Chez nous est le remède à tes vaines langueurs.

Pour qu'il reste ici-bas une place au mystère,
Nous cachons nos déserts avec un soin jaloux.
Nos bases de granit sont les reins de la terre,
Et ce vieux continent s'étaye encor sur nous.

L'Europe, où grandit l'âme, à nos urnes s'abreuve
Nous portons notre sève aux Celtes, aux Germains.
Chaque peuple, à nos pieds, reçoit de nous son fleuve
Et le bois des vaisseaux façonné de nos mains.

En vain l'Himalaya mit le vieux Gange au monde,
Et vit des fils du Ciel descendre et s'y baigner :
Les hommes et les dieux qui sont nés de notre onde
Sont forts entre les forts et seuls doivent régner.

Nous avons donné l'âme à des races guerrières
Que nous berçons encor sous les chênes gaulois ;
Nous sommes les autels d'où montent leurs prières ;
Nous sommes les remparts de leurs antiques lois.

Chez nos rudes pasteurs, nourris d'orge et de seigle,
Naquit la liberté, cet enfant des hauts lieux;
Et c'est là, dans le nid du chamois et de l'aigle,
Qu'elle viendra mourir quand vous serez trop vieux.

Si vos lâches cités l'accusent de leurs fautes,
Sous notre dernier chêne elle aura son autel;
Car nous resterons, nous, dont les dieux sont les hôtes,
Fières d'avoir tendu l'arc de Guillaume Tell.

Toi donc, puisqu'il te faut un sol chaste, un air libre,
Viens et fuis les bas lieux et leur souffle grossier;
Si ton corps amolli veut retremper sa fibre,
Viens le frotter de neige au sommet du glacier.

Viens réveiller ton âme aux sources éternelles,
Toi, somnolent rêveur par la ville engourdi!
L'Alpe, fille du ciel, de ses blanches mamelles
Verse un lait généreux qui fait le cœur hardi.

Viens ! si tu veux monter au niveau de ton rêve
Et gravir l'idéal par son échelle d'or ;
Nous prenons dans nos mains l'âme qui se soulève.
Et l'emportons vers lui d'un invincible essor.

De nos premiers parvis, tout roses de bruyère,
Monte aux créneaux d'argent perdus dans le ciel bleu.
C'est là, de nos fronts purs, que l'aigle et la prière
S'élancent dans leur vol vers le soleil et Dieu.

Sur nos mille degrés qui mènent à son trône
Fleurissent les moissons dont ton âme a besoin ;
Recueille, en y passant, le fruit de chaque zone,
La vertu qu'il te faut pour atteindre plus loin.

D'abord nous donnerons la force à tes pieds frêles,
Puis le calme à ton cœur plein de trouble et de fiel ;
Puis à ton âme enfin tu sentiras des ailes,
Et l'aigle dépassé te cédera le ciel.

Là tu respireras l'éther incorruptible
Où germe toute chose, où s'allume le jour,
Et, par delà ce monde et l'univers visible,
Tes haines s'éteindront dans un immense amour.

La Résurrection de Lazare

Quand la troupe des Douze, avec Jésus bannie,
Surmontant ses frayeurs rentra dans Béthanie,
Ayant encore aux pieds la poudre du désert,
La mort qui sait gagner tous les moments qu'on perd,
Plus prompte que l'ami qui doute et se prépare,
Entre Marthe et Marie avait saisi Lazare;
Et, depuis quatre jours, le frère bien-aimé
Dans l'ombre du sépulcre, hélas! était fermé.

Or, la ville étant proche et les chemins faciles,
D'autant plus empressés qu'ils sont plus inutiles,
Dans la maison du mort les amis, les parents
Apportaient pour le deuil leurs pleurs indifférents.
Sous ce paisible toit, depuis la nuit fatale,
C'était un grand concours; et la foule banale,
Cruelle en sa pitié, prodigue à chaque sœur
Ces consolations qui déchirent le cœur.

Mais du divin ami Marthe apprend la venue;
Et, se précipitant, sur la route connue,
Court au-devant de lui, roi des infortunés
Vers qui par la douleur nous sommes ramenés.

Seule avec son chagrin, âme qui se dévore,
Magdeleine restait ne sachant rien encore.
De l'ombre et du secret ce cœur avait besoin;
Des hommes, en son deuil, il voulait être loin.

Marthe, en apercevant le Dieu qui les visite,
Éclate en longs sanglots, tombe et se précipite :
« Il ne serait pas mort, lui dit-elle à genoux,

Seigneur ! si vous aviez habité parmi nous ;
Mais je crois fermement que par vous demandée
Toute grâce par Dieu nous doit être accordée. »

Et Jésus répondit : « Votre frère vivra. »
Et la sœur, saisissant ces mots qu'elle espéra,
Vole et porte à sa sœur la céleste nouvelle.
Les froids consolateurs s'étaient emparés d'elle ;
Et ses pleurs, seuls discours qui sachent consoler,
Retombaient sur son cœur, ne pouvant plus couler.

Mais, prononçant tout bas le nom qui la rassure
Et qui plus doucement fait saigner la blessure :
« Le Maître est là, dit Marthe, et vous appelle à lui ! »

On cherchait Magdeleine, elle avait déjà fui ;
Et déjà, hors du bourg, au champ des Térébinthes
Où Jésus l'attendait, arrivant les mains jointes :
« Il ne serait pas mort, disait-elle à genoux,
Seigneur ! si vous aviez habité parmi nous. »

Or, le zèle indiscret de ces gens qu'elle évite,

Sur ses pas vers Jésus les a conduits bien vite ;
Ils entouraient le Christ et cette femme en pleurs ;
Quelques-uns, il est vrai, pleurant de ses douleurs.

Jésus, qui sait pourtant comment sécher les larmes
Et pour toute souffrance a d'invincibles charmes,
Lui, qui voit par delà les ombres du trépas,
Lui, roi de ces hauts lieux où le mal n'atteint pas,
Lui, que l'esprit d'amour sur notre terre amène,
Le Verbe ! dans sa chair sent frémir l'âme humaine ;
Et, troublé d'un émoi qu'il n'a pas déguisé :
« En quel endroit, dit-il, l'avez-vous déposé ? »

Et ceux-ci, lui montrant le monument suprême,
Répondirent : « Venez, Maître, et voyez vous-même. »
Et, prenant le chemin de ce funèbre lieu,
Jésus pleura.

Merci de ces pleurs, ô mon Dieu !
Qu'au nom de l'amitié soit à jamais bénie
Cette larme tombant de la source infinie !
Merci des pleurs versés pour un ami perdu

Par celui dont l'amour au monde entier est dû!
Merci de ce torrent de l'onde universelle
Qui, tout pour un seul homme, en ce moment ruisselle!
Non, jamais de vos flancs, Seigneur, ou de vos yeux
N'a coulé sur la croix un flot plus précieux!

C'est l'arrêt des cœurs froids, scrupuleux ou stoïques,
Qui n'osent s'épancher sur de chères reliques;
De ceux qui devant Dieu font à l'amour un tort
Des cris du désespoir auprès d'un lit de mort.
Seigneur, vous qui savez où vont tous ceux qui meurent,
Vous avez consacré pourtant ceux qui les pleurent;
Vous permettez au cœur d'avoir ses chers élus,
Et de tout oublier, alors qu'ils ne sont plus.
Merci, Jésus, merci de l'éternel baptême
A l'amitié donné par les yeux de Dieu même!
O vous, sur les tombeaux, qui vous tordez les mains,
Veuve aux cheveux épars courant par les chemins,
Seconde âme du mort qui demande à le suivre;
Mères qui blasphémez et ne voulez plus vivre!
Vous, cœurs toujours brûlants et jamais résignés,
Qui déchirez encor la place où vous saignez,

Qui reprochez à Dieu, sans pardon et sans trêve,
Ou l'amante ou l'ami que la mort vous enlève...
Non ! tous vos désespoirs n'offensent pas les cieux ;
Jésus compte, là-haut, tous ces pleurs précieux.
Oui, foulez sous vos pieds la parole inféconde
Qui veut vous consoler d'un seul par tout le monde !
Devant le corps glacé de l'enfant que tu perds,
Mère, il t'est bien permis d'oublier l'univers ;
De ton cœur pour ce fils tu peux bien être avare ;
Vois ! l'Homme-Dieu lui-même a pleuré sur Lazare !

Il pleurait ! et, pourtant, il tenait le flambeau
Qui rallume la vie au profond du tombeau ;
Il pleurait ! devant tous et devant Dieu, sans honte,
Il donnait ses grands pleurs dont au monde il doit
[compte !

Or, tandis qu'une foule à l'entour se formait,
Les Juifs disaient entre eux : « Voyez comme il
[l'aimait ! »

Et quelques-uns, témoins de son dernier prodige,
Ajoutaient : « Si la mort de cet homme l'afflige,

Lui qui commande aux yeux aveugles de s'ouvrir,
Ne pouvait-il donc pas l'empêcher de mourir? »

Mais le Christ, frémissant d'un grand frisson interne,
Marcha vers le tombeau. C'était une caverne
Dont un bloc de rocher fermait le large seuil.
Et Jésus dit : « Levez la pierre du cercueil! »

S'approchant, Marthe alors, d'un son de voix qui navre :
« Seigneur! il a l'aspect et l'odeur d'un cadavre,
Car depuis quatre jours il est enseveli. »

Mais Jésus : « Tenez-vous ma promesse en oubli?
Celui qui ne croit point passera comme l'herbe;
Mais celui qui recueille et qui garde le Verbe
Traversera la mort sans mourir; il vivra
Dans la gloire du Père, et la possédera.
Or, c'est par moi que Dieu vous parle et vous visite;
C'est moi qui suis la vie et moi qui ressuscite;
Marthe, le croyez-vous? » — Et le genou ployé :
« Je crois, dit-elle, au Fils par le Père envoyé;
Je crois! mes yeux, mon cœur, ma raison, tout m'atteste
En vous le Christ marqué de l'onction céleste. »

Et quelques hommes forts, pleins de l'esprit nouveau,
Levèrent à l'instant la pierre du tombeau.

Jésus donc, embrassant d'un regard tout l'espace,
Tout l'azur infini dont Dieu voile sa face,
Jésus dit : « Dans les cieux brillants de vos clartés,
Soyez béni, là-haut, Père qui m'écoutez.
Puisque l'esprit d'amour, nous mêlant l'un à l'autre,
Unit mes volontés et les fond dans la vôtre,
Votre force est pour moi le souverain recours,
Et je sais qu'ô mon Dieu, vous m'exaucez toujours !
Car, lorsque vous créez, du soleil au brin d'herbe
Vous n'exécutez rien qu'à travers votre Verbe.
Mais je veux, à ce peuple, aujourd'hui faire voir
Qu'en moi vous avez mis, mon Dieu, votre pouvoir ;
Afin qu'ils sachent bien, tous ceux que je console,
Que, procédant de vous, je suis votre parole. »

Ainsi pria Jésus. Or, le peuple entourait
Les deux sœurs, sur le bord du sépulcre, et pleurait.

Magdeleine à genoux, l'âme en Dieu recueillie,
A tourné vers le Christ un regard qui supplie.
Et lui, tous ayant fait silence à ses côtés,
Cria d'une voix forte : « O Lazare, sortez ! »

Soudain, vers le caveau, la foule qui se penche,
Dans l'ombre en mouvement, voit une forme blanche ;
C'est le mort qui se dresse, et qui se tient tout seul
Encore enveloppé, debout dans son linceul.
Les bras toujours liés, le front sous le suaire.
Il monte les degrés du profond ossuaire ;
Et, devant tout le peuple épiant son réveil,
S'arrête sur le seuil en face du soleil.

Et Jésus, se tournant du côté de ses frères :
« Détachez, leur dit-il, les liens funéraires ;
Laissez marcher le mort. »

Et Lazare vivant
Marcha vers sa maison. Et tous, en le suivant,
Silencieux, tremblants sous leur raison qui ploie,

Versaient des pleurs mêlés de terreur et de joie.
Et le seuil familier s'ouvrit avec transport
Au frère revenu du séjour de la mort;
Et l'antique amitié, dans son divin calice,
Abreuva tous ces cœurs avec plus de délice,
Et l'âme de Marie, avec plus de ferveur,
Versa tous ses parfums sur les pieds du Sauveur.

Les Parfums de Madeleine

En ce temps-là, ce fut une joie infinie
Chez tous les habitants du bourg de Béthanie :
Un pasteur avait vu, loin des chemins foulés,
Des voyageurs pensifs venir le long des blés,
Et, courant le premier, à la foule jalouse
Il avait annoncé le Seigneur et les Douze.
Or, comme aux jours anciens, par les vieillards rangé,
Le peuple s'assemblait près d'un puits ombragé ;
Et, marchant vers Jésus, les enfants et les femmes,
Dont sa voix caressait si doucement les âmes,

Répandaient à ses pieds les palmes d'Amana,
Se pressaient pour l'entendre et criaient : Hosanna !
Et la joie éclatait, plus féconde et plus vive,
Sous le toit où devait s'asseoir un tel convive.
Chez Simon qu'il aimait et qu'il avait guéri,
Les élus attendaient l'hôte illustre et chéri ;
Et, mêlant de doux soins au chant des saints cantiques,
Des vases solennels puisaient les vins antiques.

Comme un ardent parvis aux Pâques préparé,
Le cénacle s'ouvrait rayonnant et paré ;
Seule au bord du Cédron, pour en orner l'enceinte,
Marie avait cueilli le lis et l'hyacinthe,
De myrrhe et d'aloès frotté le cèdre noir ;
La table reluisait claire comme un miroir,
Et des tresses de fleurs erraient, collier fragile,
Sur le col rougissant des amphores d'argile.

Marthe au divin banquet n'avait rien épargné :
Une active rougeur parait son front baigné.
Elle avait elle-même, entre des branches vertes,
Servi les blonds raisins, les grenades ouvertes,

Les figues du Carmel, le miel pur de Membré,
Et le poisson des lacs, et l'azyme doré,
Et l'agneau, qui n'avait qu'une semaine entière
Sur les monts Galaad brouté la sauge amère,
Et le vin parfumé des vignes d'Engaddi
Que baise avec amour le soleil de midi.
Or, autour du festin les Douze se rangèrent,
Et les baisers de paix entre eux tous s'échangèrent.

Et le Maître s'assit : ses regards étaient doux;
Son front blanc, couronné par de longs cheveux roux,
Avait dans sa beauté sereine et reposée
Une grâce ineffable et pleine de pensée;
L'ardente charité, nimbe d'or et de feu,
Rayonnait de sa face avec l'esprit de Dieu.
Un manteau bleu s'ouvrait sur sa rouge tunique,
Ouvrage de sa mère et d'une pièce unique,
Mystérieux tissu qu'un prophète chanta,
Voile du corps sacré promis au Golgotha.
Devant Jésus était le pêcheur d'hommes, Pierre,
Le futur fondement de son Église entière,
Né pour la foi robuste et fait à l'action,

Tête chauve et brunie où vit la passion.
Mais la meilleure place était celle d'un autre,
Jeune homme aux blonds cheveux, chaste et suave apôtre !
Et qui, les yeux rêveurs et baignés à demi,
S'appuyait sur le sein de son divin ami,
Ame où le Christ versait sa parole secrète,
Jean, l'élu de son cœur, le disciple poète !

Et la sainte amitié, vin des vignes du ciel,
Circulait entre tous au banquet fraternel.

Or celle qu'on nommait Marie et Madeleine,
Perle de beauté rare et fleur de douce haleine,
Femme qui par le cœur avait beaucoup péché,
Madeleine était là, triste et le corps penché.
Cette âme avait tari plus d'une source amère
Avant de rencontrer l'onde qui désaltère ;
Et sa soif, survivant à mille espoirs déçus,
Puisait avec amour aux leçons de Jésus.
A genoux, et joignant ses deux mains, l'humble femme
Priait et soupirait du profond de son âme ;
Tremblante et se voilant sous l'or de ses cheveux,

Elle cherchait les yeux du Christ avec ses yeux,
Courbait son front rougi par une intime fièvre,
Sur les pieds de Jésus purifiait sa lèvre,
Et pleurait doucement le passé plein d'ennui
Où ses larmes coulaient pour d'autres que pour lui.
Jésus était pensif : or, la sœur de Lazare
Dans un vase d'albâtre avait un parfum rare
Apporté du désert, et, plus loin que Memphis,
Fait d'une fleur qui croît au bord des oasis.
Le parfum s'épurait dans l'urne diaphane;
Elle l'avait gardé de tout emploi profane,
Et venait à la fin, son jour s'étant levé,
Au Dieu de son attente offrir l'encens sauvé.
Dans un épanchement de douleur et d'extase,
Sur le corps de Jésus elle rompit le vase :
De larmes et de baume elle baigna ses pieds,
Les retint doucement sur son sein appuyés,
Et de ses blonds cheveux pressant leur chaste ivoire,
Longtemps elle essuya le flot expiatoire.

Et le parfum montait; la salle du festin
Fumait comme un bois vierge au soleil du matin;

Et l'air, tout imprégné des essences divines,
Vivifiait le sang dans toutes les poitrines.
Alors, devant Jésus, il se fit un moment
D'un silence rêveur tout plein d'épanchement.

Mais tout à coup, tombant comme une pierre aride,
Une voix vint troubler cette extase limpide.

Elle disait : « Chassez cette femme d'ici !
Les agneaux et les boucs se mêlent-ils ainsi ?
Le Maître ne sait pas quelles lèvres impures
Osent à sa personne essuyer leurs souillures.
Croit-on qu'un peu d'encens et de pleurs épanchés
Achètent le pardon et lavent les péchés !
Il faut pour sauver l'âme une foi plus active :
La loi ne connaît point de pénitence oisive.
Le luxe et les parfums sont maudits des élus ;
C'est mal de se complaire à ces biens superflus,
De s'attendrir ainsi sur des larmes fleuries :
Le péché suit de près les molles rêveries.
Et ce baume, d'ailleurs, valait beaucoup d'argent ;
Le perdre, c'est voler du pain à l'indigent ;

Car, pour faire l'aumône, il aurait bien pu rendre
Trois cents deniers au moins, si l'on eût su le vendre ! »

Et les frères, troublés dans le fond de leur cœur,
Tournèrent à la fois les yeux vers le Seigneur.

Et lui, sur l'humble femme étendant ses mains pures :
« Oh ! ne la froissez pas de vos paroles dures ;
Hommes de peu d'amour, elle a fait mieux que vous !
Voyez mes pieds meurtris qu'elle essuie à genoux,
Ses yeux en ont lavé le sang et la poussière ;
Elle a de ses parfums répandu l'urne entière ;
Et tandis que ses pleurs jaillissaient en ruisseau,
Je n'eus pas de vos yeux même une goutte d'eau !
Vous n'êtes pas venus, mes hôtes, mes apôtres,
Presser en m'abordant mes lèvres sur les vôtres ;
Marie a sur son cœur posé mes pieds brisés,
Et les réchauffe encor de ses pieux baisers ;
Son amour vigilant a pressenti mon heure ;
Sur mon corps embaumé, par avance, elle pleure.
Oui, pour l'aumône même, un trésor amassé
Ne vaudrait pas l'encens que Marie a versé !

Vous aurez jusqu'au bout des pauvres sur la terre.
Hommes ! espérez-vous m'avoir toujours pour frère ?
Madeleine a péché ; mais, au livre des cieux,
Elle a blanchi sa page avec l'eau de ses yeux ;
Et le Seigneur lui doit, juste dans sa clémence,
Un immense pardon pour son amour immense.
Je vous le dis : tous ceux à qui sera porté
Le Verbe de la paix et de la charité
Diront de cette femme, en chantant ses louanges,
Qu'elle a fait ce qu'au ciel doivent faire les anges,
Et qu'elle montera, ses péchés expiés,
Poser encor là-haut des baisers sur mes pieds ! »
Et le Maître sortit : aux portes du cénacle
Des malades couchés attendaient un miracle.

Le Baptême de la Cloche

I

Monte à la tour sonore, ô reine des cantiques !
Répands les grands soupirs de ton sein débordants !
Dieu touchait d'un feu pur les lèvres prophétiques ;
Il t'a fait naître aussi dans les charbons ardents.

Le temple t'accueillit tiède encor de la flamme ;
Comme un fils des humains, d'eau, d'encens et de sel,
Le prêtre te baptise en te donnant une âme ;
Prends désormais ta place au chœur universel.

Tu reçois la parole, auguste ministère :
Sur ton front, comme au front d'un pontife ou d'un roi,
L'huile sainte, en coulant, livre à ta bouche austère
Le droit de réunir un peuple autour de toi.

Monte pour dominer de plus haut nos murmures ;
Pour verser, de ton urne aux flancs mélodieux,
Tes notes, s'épanchant plus fraîches et plus pures,
En des flots d'air puisés plus avant dans les cieux.

Vers la cime où ton maître à jamais t'a placée,
Mille bruits monteront du hameau, du désert ;
Toi tu feras, fidèle à sa grande pensée,
Un accord immuable en ce changeant concert.

A tes pieds, les rumeurs et les échos varient;
Du sein de ces forêts et des prés d'alentour
S'élèvent bien des voix qui pleurent ou qui rient;
Les chants et les soupirs en montent tour à tour.

Dans la chapelle, ici, gémissent les prières;
Près du mur, des passants se disputent entre eux;
Des baisers ont frémi sur le bord des clairières;
Là-bas le laboureur excite ses grands bœufs.

Ainsi l'homme se mêle aux sons que tu disperses!
Et, dans le calme essôr de tes vibrations,
Ainsi meurt et renaît, en des notes diverses,
Le bruit de nos travaux et de nos passions.

Et la nature aussi, cette voix éternelle,
Ce clavier infini que nul n'a mesuré,
Des tons, en un moment, parcourt la grande échelle,
Gémit, gronde et sourit après avoir pleuré.

Selon que la forêt ou grandit ou décline,
Le vallon rend là-bas des accords différents !
Dans ces ravins, coulant de la même colline,
L'eau soupire en ruisseaux ou gémit en torrents.

La nature avec nous regrette, invoque, aspire ;
Tour à tour, doute, espoir ou crainte y sont vainqueurs,
Et, pour longtemps encor, sur cette immense lyre
L'harmonie est changeante, ainsi que dans nos cœurs.

Toi pourtant, quels que soient la saison, le jour, l'heure,
Dans le calme ou l'orage ayant le même son,
Tu nous diras, du haut de la sainte demeure,
Toujours le même mot et la même leçon.

Parole incorruptible, enseignements suprêmes !
Grande voix dominant tous les bruits d'ici-bas,
Semblable à cette voix qui parle dans nous-mêmes,
Nous suit, et cependant ne nous appartient pas !

Ce mot qui te remplit, ce nom que tu proclames,
Pensée à ton métal mêlée au sein du feu,
Souffle d'éternité qui soulève nos âmes,
C'est le nom, la pensée et le souffle de Dieu.

Et tu la sèmeras ton immuable idée,
Des cités aux forêts, des sommets aux vallons;
Et, comme d'harmonie une mer débordée,
Ta voix nous poursuivra partout où nous allons

De l'encens et du sel si le prêtre t'honore,
C'est qu'il consacre en toi le psaume fait airain;
De tous les instruments, tu n'es le plus sonore
Que pour proclamer Dieu d'un ton plus souverain..

Répands donc, répands donc, par toute la nature,
Ce nom qu'au fond du cœur chaque homme doit sentir,
Et qu'il ne soit pas d'antre et d'âme assez impure,
Où ton pieux écho n'aille au loin retentir.

II

Et moi, l'oisif amant des bois et des prairies,
Qui, de leurs doux esprits enivré trop souvent,
Laisse fuir ma pensée en molles rêveries,
Et disperse ma vie au souffle de tout vent;

Moi qu'avec un bruit d'onde, une haleine de roses,
La brise, dont ce tremble à peine est agité,
Mêlant mon âme errante avec l'âme des choses,
Peut emporter si loin hors de l'humanité;

Lorsque j'irai, perdu dans les forêts prochaines,
Des actives cités déserteur affaibli,
Enviant le repos des rochers et des chênes
Et laissant là ma tâche et ma vie en oubli;

Alors tu parleras, voix de la vieille église,
Voix comprise de tous comme un appel humain,
Et tu m'éveilleras, et mon âme indécise,
S'arrachant au désert, prendra le vrai chemin.

Et je n'entendrai plus la Sirène énervante
Qui chante avec le vent, les rameaux, le flot bleu ;
Un plus ferme conseil m'arrêtant sur ma pente,
Je me rapprocherai des hommes et de Dieu.

Car ta voix c'est la voix des hommes agrandie,
Leurs sueurs ont coulé pour fondre ton métal ;
C'est leur esprit qui parle avec ta mélodie ;
Ton front reçut comme eux le baptême natal.

A la cité des cœurs cette voix me convie,
Me dit que je suis homme et dois porter mes fers,
Et me ramène, enfin, au combat de la vie,
Que j'ai tenté de fuir pour la paix des déserts.

Par toi chantent l'appel des travaux, des prières,
Et l'écho solennel de la joie et des pleurs;
En t'écoutant, j'irai demander à mes frères
Ma part de leurs destins, surtout de leurs douleurs.

III

Va donc, fille du feu, sur les tombeaux assise!
Donne à chacun sa place en tes hymnes fervents;
Chante pour ceux à qui la lumière est promise;
Parle aux vivants des morts comme aux morts des vivants!

Prends ton poste au donjon, sonore sentinelle,
Veille sur ces vallons, veille sur ces sommets;
Garde à ces bois chéris une paix éternelle;
Que la sainte amitié les habite à jamais.

Qu'au loin en t'écoutant la terre soit bénie ;
Comme à la voix de Dieu, qu'elle enfante à ta voix ;
L'abondance du ciel tombe avec l'harmonie :
Verse aux sillons le grain et le feuillage aux bois.

Garde cette maison, tu dois chérir son hôte,
Grand cœur où, comme en toi, l'esprit divin descend ;
C'est lui qui t'a bâti la tour solide et haute :
Il est de l'œuvre sainte un ouvrier puissant.

Et tous nous aimerons vos deux voix fraternelles ;
Car Dieu sur ce sommet, qui voit poindre le jour,
Vous mit pour nous parler des choses éternelles,
Et saluer de loin le règne de l'amour...

A la Patrie

I

Que t'importe d'entrer dans la terre promise,
Si tu vois sur ses tours nos drapeaux triomphants ;
Si du haut de l'Horeb tu peux, avec Moïse,
Montrer d'un doigt certain la route à nos enfants ;

Si tu sais, dans ta foi, qu'une vertu se fonde,
Que ton dernier combat fut gagné sur le mal,
Que ta race et ton Dieu régneront sur le monde,
Que rien ne prévaudra contre ton idéal !

Heureux qui meurt un jour de victoire complète,
Fier de sa juste cause et sûr de l'avenir !
Pour le chef d'un grand peuple et pour son moindre athlète,
C'est ainsi qu'il est beau, qu'il est doux de finir !

Quand nos derniers regards ont vu fuir le Barbare,
Le Perse efféminé, l'exécrable Teuton...,
Trois fois heureux le mort dont la tombe se pare
D'un de ces noms vengeurs : Bouvine ou Marathon !

Dès que ses yeux sont clos, sa vision commence,
Et déjà dans son cœur dont tout le sang a fui
Il a senti couler l'âme d'un peuple immense :
Les grands siècles futurs se lèvent devant lui.

C'est ainsi, pour nous faire une France immortelle,
Qu'ils tombaient souriant, nos superbes aïeux ;
Qu'ils ont, pendant mille ans, trouvé la mort si belle,
Qu'alors tout cœur de brave était un cœur joyeux.

On s'immolait, chacun à sa noble chimère,
A sa gloire, à son Dieu, — deux mots anéantis !
L'homme ignorait encor la nature, une mère
Qui nous a créés tous serfs de nos appétits.

Il regardait le ciel, enivré d'espérance ;
Même en faisant le mal, il adorait le beau.
L'amour de l'invisible a fondé notre France ;
Lui ravir l'idéal, c'est la mettre au tombeau.

Son orgueil a visé plus haut qu'à la richesse ;
Il ne lui suffit pas d'un vulgaire bonheur ;
A travers la folie, à travers la sagesse,
Elle a vécu mille ans de ce seul mot : L'HONNEUR !

L'honneur, c'était la sève et le sang de nos veines,
Animant tous les cœurs égaux malgré les lois,
Montant des pieds de l'arbre à ses branches lointaines
Jusqu'au royal sommet du grand chêne gaulois.

S'il tarit, si le Christ, dont la foule se raille,
Des gouttes de son sang ne veut plus le nourrir,
Si ce Dieu perd chez nous sa dernière bataille...,
Le matin de ce jour, tâchons de bien mourir...

II

Quand j'épelais ton nom, ô France, et ton histoire,
Je me sentais grandir, écolier triomphant.
Depuis que mon cœur bat, j'ai vécu de ta gloire :
Le vieillard garde encor les ardeurs de l'enfant.

Ah ! je t'ai bien aimée, et du fond des entrailles !
Même à travers ces temps où je n'ai pas vécu,
Mon âme était présente à tes grandes batailles,
Et je sais ce que c'est que de mourir vaincu.

Mais je sais qu'on revit, après mille défaites,
A force de vertu, pur d'orgueil et de fiel;
Je sais pour tes soldats ce qu'ont pu tes prophètes,
Rien qu'en tenant leurs cœurs élevés vers le ciel.

Je ne cesserai point d'aiguillonner les âmes,
De leur crier : « Plus haut ! » quand tout les pousse en bas,
De prêcher le mépris des vanités infâmes...
C'est ainsi qu'on les dresse à de meilleurs combats.

D'autres, plus mollement, sculptent l'or et l'ivoire ;
Dans cet art je m'incline et j'ai plus d'un vainqueur ;
Je prescris le devoir, la lutte méritoire,
Et j'ai tâché d'apprendre à gouverner mon cœur.

Si l'homme encore intact et qui vient de me lire,
Devant le bon chemin hésite un seul moment,
Si quelques sons douteux s'échappent de ma lyre,...
Je brise et foule aux pieds le perfide instrument.

Peut-être ai-je lancé des rimes trop amères
Et trop d'âpres dédains aux puissances du jour;
Mais Dieu sait si l'orgueil alluma ces colères :
La vigueur de ma haine attestait mon amour.

Je la puis avouer... et l'écarter sans honte;
Je sais ce que je garde et je vois l'avenir :
Mon cœur sent, de partout, l'éternité qui monte...
C'est une ardeur d'aimer, d'espérer, de bénir!

Elle me vient dicter mon suprême cantique;
Les présages meilleurs abondent... et je veux,
A l'heure du départ, comme un rapsode antique,
Sur tout ce que j'aimais répandre à flots mes vœux;

Sur toi d'abord, ô terre, ô plaines, ô montagnes,
Pour que Dieu multiplie, avec le sang gaulois,
Les présents du travail dans nos rudes campagnes,
Et les fortes vertus, filles des justes lois;

Pour qu'un soleil plus pur et vainqueur des orages
Repeuple tes coteaux de leurs ceps généreux;
Pour que les grands esprits, issus des grands courages,
Renaissent de tes flancs et qu'ils s'aiment entre eux;

Pour que nos fiers printemps aient de sages automnes,
Des fruits qu'après nos fleurs on nous puisse envier,
Et que la paix nous tresse, en solides couronnes,
De l'une à l'autre mer, le chêne et l'olivier;

Sur nos vieilles cités, mères de l'industrie,
Pour que l'âme y grandisse à l'abri des clameurs;
Sur tout ce que j'adore en ce seul mot : PATRIE...
Pour la beauté des arts qui fait celle des mœurs;

Pour que ta France, ô Christ, en miracles abonde,
Que son peuple soit tien, triomphant ou souffrant,
Et qu'on dise à jamais dans l'histoire du monde :
« L'œuvre de Dieu s'y fait des mains du peuple franc. »

Cher pays, je m'en vais dormir sous tes grands chênes,
D'un inutile amour j'emporte les remords.
Pourtant s'il faut livrer des batailles prochaines,
Parmi tes bons soldats compte aussi tes vieux morts.

Tu le sais mieux que moi, chère âme de la France,
Les amours que Dieu veut survivent au trépas;
Tous ceux qui dans le Christ ont mis leur espérance,
L'immense éternité ne les sépare pas.

Aux œuvres d'ici-bas fidèles ouvrières,
Les âmes de nos morts ont la meilleure part;
Il se forme un faisceau d'indomptables prières,
Des légions d'esprits qui vaincront tôt ou tard.

Du jour où tu reçus ton illustre baptême,
Où le Christ a dressé tes premiers bataillons,
Du temps des vieux croisés à notre temps lui-même,
Tes soldats dans le ciel comptent par millions.

Revêtus à jamais de l'armure des anges,
Ils veillent sur ta gloire, ils veillent sur ta foi ;
Ton plus obscur enfant, admis dans ces phalanges,
Sous d'invincibles chefs y combattra pour toi.

Demeure à ta charrue, oublie un peu ton glaive :
Garde la patience, et souffre, s'il le faut :
Mais si des grands combats demain le jour se lève,
Affronte-les sans peur. Ils sont gagnés là-haut.

TABLE

PETITE

Collection rose

—

Volumes parus

Le Temple de la Rose.

P. de Ronsard. — Poésies.

Sully Prudhomme. — Jeunes Filles et Femmes.

J. Racine. — Ses plus beaux vers.

A. de Vigny. — Poèmes.

J.-M. de Heredia. — Sonnets et Poèmes.

J. de la Fontaine. — Ses plus beaux vers.

Les Maitres du Sonnet.

Fr. Coppée. — Promenades et Intérieurs.

A. Brizeux. — Marie.

A. de Musset. — Les Nuits.

A. Theuriet. — Chansons d'oiseaux.

J. Soulary. — Sonnets.

P. Corneille. — Ses plus beaux vers.

Leconte de Lisle. — Poèmes et Poésies.

A. Chénier. — Poésies.

Ch. Baudelaire. — Poésies et Poèmes en prose.

F. Mistral. — Chants de Provence.

Desbordes-Valmore. — Idylles et Élégies.

A. de Vigny. — Les Destinées.

Sully Prudhomme. — Tendresses et Solitudes.

Molière. — Ses plus beaux vers.

La Chanson de Roland.

F. Coppée. — Poèmes et Récits.

Les Poètes de la Pléiade.

V. de Laprade. — Symphonies et Poèmes.

A. Theuriet. — Poésies rustiques.

Paris. — Impr. Lemerre, 6, rue des Bergers.

www.ingramcontent.com/pod-product-compliance
Lightning Source LLC
LaVergne TN
LVHW020327230826
846091LV00003B/793